風の図譜

KAZE NO ZUHU
Hara Masaji

原 満三寿 句集

深夜叢書社

風の図譜　目次

さすらう風……7
天生の譜 20
縄文の譜 24
風しげる……27
いろいろ野譜 42
風ふんで……45
藁人の譜 55
風ひとり……59
老いの譜 69
風のなごり……75
庄内の譜 82
仏の譜 85
化外の譜 89

風やまず……93
被爆に被曝　95
人に生まれて　100
＊
詩・追憶の俳人たち〈離見の見〉……105
火定火宅　107
遠く へ（Further!）　114
その人は　119
＊
あとがき……126
流謫と自存──われら、かく在りし　齋藤愼爾……128

装丁　髙林昭太

句集

風の図譜

かぜのずふ

原満三寿

the wind who talks to me

さすらう風

草萌えるさすらう風に湧く言語《げんぎょ》

俳皿に三千世界の風を盛る

風のんで木の芽草の芽　悦々す

風めぶく双手にこぼれる水の鬨

風にのって野火も諸尻も肥大化す

風と野火　別れるために逢うんだね

遠い野火なめつつ尿る黒和牛

春きざす山川草木も意馬心猿

春の脳にがい一言ぷかり浮き

春の川ぐいぐいとくる土左衛門

はるいちばん岬の夢は絶海へ

春の坂ぐいーっとすべる長い犬

春の泥いたぶっている二重跳び

春を撒く光の粒々みんなこい

水はなつ脊梁山脈に鳥かえる

卒業す〻さよならさんかく鳥かえる

チャリンコで〻またきてしかく雁の列

おきざりの鴨と呆けに残り月

初つばめ急くや女形の旅一座

風騒の夜の残心に初つばめ

雁風呂や一揆の骨も折って焚き
まだ夭い水の野性を咬む少女
マンズ咲く五穀の粥や薬喰い
立ち尿る空にほのぼのマンズ咲く
弥次馬がはやす他郷のベコの乳房《ちち》

血眼に未練がましい落ち椿

のけ反って磔形からの羽化登仙

獰猛な怒濤がなにさ葱坊主

遠い日も茅花の果てに漁火が見え

きさらぎの風の空缶　瘋癲す

貘の毛の筆がすごいと春の女《ひと》

強烈な夢戯場に貘の糞

頰杖の愁いにぱっと花咲爺

抛物線えがいた空に春の火車

雨の夜は勝手にざわざわ春野菜

春風の力で草は石を咬み

フウチョウの兄《あん》ちゃん花の傷自慢

草わたる風に発芽の無人駅

春蟬の余命の悲鳴が木をのぼる

造化なる投網が打ったる花の穢土

桜湯の花をつまんで拈華微笑

花ふぶき冥途の飛脚はきっとくる

花明かり　ささヤツガレが馬の脚

腕っ節でげんげ田を跳ぶべらぼう女《め》

自画像の大鼻といる春の昼

踏み外すためにかけだす日和下駄

啓蟄やケチャの群舞の夢に入る

●ケチャ＝バリ島の舞踏劇で歌われる男性合唱

モモンガの恋かたりだす寺男

花菜風　手紙にぎって駆けず駆け

寝返るとなばななばなや春の海

藤の蔓　つむじも右巻き左巻き
梅さいた異端の枝に空さいた
追いつけぬものらに架けよ虹の橋
キンポウゲ　夢の黄泉路をうめつくす
今朝とくにずずずーんとくる春の塔

夭生の譜

園児ごちゃお玉杓子のごちゃのごちゃ

ブランコの天上天下のどちんこ

花の夜や童《わらし》が変える枕向き

桃の花かざして駆ける婆娑羅の児

みちのくの童子《わっぱ》は風の土筆ン坊

赤ふうせん天まではげます逆子の子

蟬の午後に午前の蟬おる紙芝居

ひるすぎの世過ぎ公園かみしばい

蟻地獄のぞいて童女うすわらう

蟻地獄つぶして乳歯を屋根に投げ

水切りして化外の悪童どろんする

ささくれの少女に軽い象の夢

夏欅しのび泣きするガキ大将

村すてた大将がくれた甲虫《ビートルズ》

鯛の最期の夕べを数え歌

指で指かぞえる指に赤トンボ

風草や案山子とつるんで狡休み

始祖鳥と卯月を飛んで不登校

うそつきの継子の尻を月に吊る

ボールけって空気をいじめる童女たち

お嬢さんの猫が咥えし風来坊

縄文の譜

黎明の木霊に捧ぐ大鏃

猿屠り血だらけの指　天へかざす

実無し栗　榾ともなりて栗を焼く

青柿に爪たてたれば星ながれ

満月に祈る土偶の陰えぐり

身罷りの供に出尻の土偶たち

曼珠沙華　屈葬のまま風葬に

風しげる

風しげる大樹に二十歳《はたち》の天の邪鬼
夏駅の硝子に二十歳の木っ端微塵
麦秋の農婦きらきら破裂せり
麦秋やひらりと添え乳のみぎひだり
けしのはな風の少女に昨夜《きぞ》は無く

余所者の風にゆれだす罌粟少女

通過儀礼おえたら逢おう焚火の夜

夕顔の家霊にまつわる家霊犬

花火師は四尺玉よ五尺の身

夏まつり盥に媚態の裸灯たち

提灯の橋に二人で三ツ矢サイダー

禿頭を暗黒にして線香花火

炎昼や白壁の街に轢死の蝶

アマリリス咲いたぞ胎児きいてるか

胎内を這ったる憶えや草いきれ

産道を逆さに出れば木下闇

快便す　どの水鳥に逢えるかな

春さるを知らず野の鯉小石だき

雷のんで巨鯉の全長いなびかる

月の鮒　草に腹ばい睦みあい

泥鰌の泥の愉悦が手を汚す

沢蟹をバイクの気分でスピンした

カタツムリ斜陽に透かれ恥じらいぬ

虹の根の丘にシーツの大あくび

丘の山羊　風の青桐が一の友

いっぽん森　南風《はえ》とあそんでみなヒタキ

●いっぽん森＝いっぽんのバニヤン（ガジュマル）

あいたくてきたよ玲瓏アアソウカイ

●アアソウカイ＝亜阿相界、キョウチクトウ科の植物の名称

一〇〇〇年の奇想天外なにを見た

●奇想天外＝ナミブ砂漠に群生する超奇種多肉？植物の名称

池のぞく緋牡丹なれば緋でのぞく

緋牡丹のこれが言葉ぞ緋をこぼす

陽をはじく初老の腕のうす膏

ゆく夏の始末はどうする鰺ヶ沢

蟬しぐれ二度あることは入水譚

海の旅　夕陽とデッキを立ち泳ぐ

落日の臀部は火薬庫と思う

青葉照る小娘よれば手で笑う

蟇帰る夜鷹の野辺の隠沼に

蟇に蟇おくれてのっかる痩せた蟇

葬の列　山背に男ら拳あげ

山背風まずしき怒声とびかいぬ

禿山にヒマワリ群れて爆笑す

九十九坂こえれば相逢う虹《こう》と霓《げい》

だれかれを６Ｂで消す熱帯夜

銀蝿とウツボカズラの性は善

油照り食虫植物あぁ～んする

夏果ての欅にチェロを裏返す

スカラベと見あきぬものに水の皺

炎天の首なき鶏を逐う双手

この一夏《いちげ》　烏賊の全裸を切り刻む

人妻はことさら笑う海鞘の宵

バラ園にバラの火遊び刹那風

いろいろに笑う女や老薔薇園

帆船の快楽《けらく》に倣う夏岬

城《ぐすく》砦の海　ミサゴ突っこむ血の力

車輪梅と別れた空にカチャーシー

月桃の石敢當にオバア焦げ

姫百合やいないいないオバアいないない

雨滴して若葉が脈うつ癌の窓

竿先につるんで揺する糸蜻蛉

螢みて禿頭孤児と蕎麦たぐる

狡兎にげ晩夏の野面はまた野面

蜘蛛の巣の蝿と目があう……困った

尾を隠し清きわたしら万緑裡

さよならの手は低く振る緑の夜

野の宗匠まさぐりたがる雲の腸《わた》

いろいろ野譜

むかし野に転《こ》ければどこか微光せり
あおい野で搗いた尻餅の行方さて
さつき野の匂いの女と地図めくる
ひかり野を統べる虚影の大鴉

さびし野をとばすナナハン・鬼ヤンマ
わびし野で出会い頭に写楽鼻
あらし野や空気枕が旅の連れ
ねむられぬ枯野を駆けるロシナンテ
春色があさくて裸足にいらだつ野

風ふんで

風ふんで秋ふれまくる飛び六方
さびしいか　蔀戸を敲く離れ雲
霧の家《や》に煩悩の犬とびおきる
霧の夜は蝮のように語彙さぐる
いわし雲　負け犬と分かつパンの耳

渚かけカモメに抛る鍵の束

秋の目で情事の事情を語る女《ひと》

天高し上腕二頭筋上機嫌

底抜けの天におびえる曝《さ》れ頭《こうべ》

野ざらしを佯《いつ》わる石や白い秋

冬瓜の丈をつくして落日す

さまざまにくびれて瓢簞村ねむる

ザボン手に上海帰りの流離《るり》と会う

造化なる和尻とおもえばラ－フランス

見えず見え水子の影に柳散る

前の世の話しが通じる山の姫

●山の姫＝アケビの異称

通草の実　男をゆさぶる絵空事

みちのくの女性《にょしょう》とおもえば女郎花

茄子の馬かの日を乗せて川明り

虎挟み踏んで月光　悲鳴あげ

貧農にかわって怒る木守柿

木守柿〈車中で食《け》え〉と友の貧

柿くえば馬頭観音おんな坂

次郎柿のほとぼり一つを土産とす

柿をもぐそのたび秋は減るんだね

山裾に蜜蜂を継ぎ人嫌い

飛蝗《バッタ》飛蝗《ひこう》　DNAとは輪廻かな

捨て猫の怯えに怯え犬歩き
●犬歩き＝ほっつき歩くこと

椋鳥のブルーの卵殻《から》が今朝の燦

大鉈が痩身を振る空に秋

きざはしの疵に名残が来ておりぬ

どの面も虫の貌して屋台そば

どちらさんも勝ち負けなくてガチャガチャ

●ガチャガチャ＝クツワムシの別称

人間《じんかん》を疎んで竜胆の径たどる

膝折って山路に親し露の草

屍体さらし烈火のごとき紅葉山

花野ゆく女のひとりは赤ピーマン

辻々に泣き女《め》が佇ちて秋ゆきぬ

風の客　秋劇場をさっと去り

野ざらしに集《たか》る文士や秋の蝿

藁人の譜

眠たくて空へのへの藁の人
野良声に女形の仕草の藁の人
藁人の夜の徘徊はご乱行？
風花と踊る案山子の糞掃衣《ふんぞうえ》

コスモスや案山子に富山の薬売り

行く秋をどの藁人が嘘せり

藁人へ出稼ぎたちの棄民の目

ボロ雲に親しくボロふる藁の人

藁の人　弓引きたるは娑婆世界

花柄の藁人いちばん古き姐

廃村の藁人老いて曼珠沙華

藁の人　やなこったぁ懺悔など

藁人の火刑をみおろす離れ雲

腸の無い火定を恥じる藁の人

風ひとり

風ひとり還ることない黒い川

悪筆も莫逆の友　黒い川

●黒い川＝炭鉱の洗炭で真っ黒であった故郷の川

受験子に凍裂音は世の号砲

朝の車中ダルマの餅が語りだす

●ダルマ＝達磨型の丸い石炭ストーブ。餅やスルメなど焼く

雪の車窓　ボタ山ぬければ星少年

朝のこない夜汽車を少年うたがわず

着く駅も知らぬ列車に『鮫』ひらく

●『鮫』＝金子光晴詩集

遠い日の詩を夢みたは出来心

遠い日の無残な老樹と新宿《じゅく》で逢う

廃線の鉄橋に冬日折れ曲がる

廃線を幻視のＳＬ　花嫁のせ
廃線のレールをたどる見えぬ棄民
なつかしい線路とおもえば尾てい骨
吹雪く夜の不眠を渉る寒立馬
冬ざれの床屋の椅子に蒙古馬

風邪熱に輓馬の目玉の深き青

雪かぶり橋の擬宝珠の角隠し

温め鳥いつかサド・マゾ逆転す

目張りせず　付き合いながき隙間風

北風《きた》あらぶ街のシャッターなきじゃくる

北風の刃《どす》のむとどこやら口説節

空っ風　疚《やま》しなやまし一夜二夜

空っ風に面従腹背のわたしたち

冬蝿の死に処かな乳母車

大根ぬく業《ごう》の白骨ぬくごとく

目を逸らす大根もあり粗莚

雪の火事　帆船もえるごとく閑か

花冷えの媼の灰で草木染

紐とけばやがて見いだす枯尾花

極月の縺れに刺さるビルの打鋲

乾くので引いてみただけ寒の紅

のっぺらな貌が並んで初点前

雪の道　瞽女の背中に憑いてゆく

冬の夜の熾き火に寄る怪異譚

困の猫背へしきりに木瓜の朱《あか》

落葉焚き　まず哀愁の尻あぶる
尻あぶる　隣は何をする人ぞ
紙漉きの隣は豆腐屋　明日もまた
猛き坂おのれの空を撃ちにゆく
春ちかし水へ野ざらしにじり寄る

老いの譜

さえずりの奇天烈のババ目刺し好き

花の痴れ秘すもオババの御前立ち

夜桜や見上げる我と総入れ歯

草老人ついに飛蝗の貌で跳ぶ

柳絮とぶ扱い注意このジジイ

ジジ百年　オババ千年　二重虹

菜の村の娘に居着きいま野老

野老わが撫子さんと野を遊ぶ

失禁の戦に老兵進出す

古沼の貌して好日紙オムツ

秋草図そこにもひとり迷い人

考える足になったる迷い人

晩秋の古書街をゆく老いた貘

剝製の無窮をめざす鷹の痴れ

餅かじり齧歯類《げっし》めくも入れ歯ガタ

じゃっぱ汁　ガタガタの歯に海猫《ごめ》のミャー

●じゃっぱ汁＝津軽地方の郷土料理

鱈むしる老人力や舌禍事件

晩節の食えない漢か平家蟹

また雪か一人をつくして咀嚼音

句碑の前　後期高齢うつつ面《づら》

老うて去る破れた蝶を装いて

雄蟷螂は首無し交尾す　色即是空

●雄は雌に頭を食われても交尾続行す（大町文衛『日本昆虫記』）

枯れに伍す月光原《ばる》の枯蟷螂

枯蟷螂わが荒涼の身に似たる

風のなごり

さすらいの風のなごりの水っぱな

俳諧師　弊履に言う〈往け〉と

わがゴリラ葉っぱのような胸たたき

淋しさの果てなん巨象を見にゆかん

膝だいてキリンの親子　寒に耐え

痩せ山羊の夕映えを呑む板東太郎
流木にあこがれ枯木まず自倒
泣き虫と弱陽が竝ぶ沈下橋
抱きすくめ砂の女が砂くずす
鳴き砂の砂の女を壜に詰め

親不知　怒濤のさみしさ　子不知

〽木曾のナー　宴に野鍛冶の火傷痕

鳶くるり津軽手踊り宙を搔き

まっ青な飢に鳶なくトラピスト

生娘に妙な油揚げ出されたり

壁ひとつ隔てた部屋は開かずの間
外道釣って素焼きの蛸壺また割れた
駅広場　禿頭孤児に慈悲の鬼女
迎春花《いんちゅんほあ》　花子《ほあず》も醒める朝《あした》です
糞がとぶ翼の部首が冀《こいねが》う

流れ着くものらと雑魚寝で風自慢

上州のしがない青短《あお》と発します

主のいない書斎にあつまり猪鹿蝶

関八州まわし呑みする蝮酒

嫌《や》な渡世さんざん曝され破《や》れ孔雀

庄内の譜

めんご子だのぅプレタ－ポルテの春だのぅ

●めんご子＝可愛い子

月山へ風の跫音についてゆく

月山の木霊ついばむ岩雲雀

月山へ五体投地のスベリヒユ

死の山の登り口にて身を灯す

死の山の風にコスモス火照りだす

花粉症の現身を乗せ川下り

三山を月ごとながす最上川

最上川　はんこ、たんいなの暗に寄る

早乙女は天鬼と病鬼に晴れまさる

みな去って無人灯台自灯明す

虫すだく〳〵あんたがたどこさ〳〵死の山さ

鬼ごっこオメサさがして月の山

泣き帰る夢路に兄サと一夜茸

仏の譜

山わらう衆妙之門へ面壁す

春の門　殺仏殺祖殺虫す

惜春の隻手音声　東司から

一寸の仏に劫初の犬ふぐり

春愁も悪人正機も死者は悟入

雪とけて鼻音はなやぐ胎蔵界

夏断ち後の庵主が断ちし孫の手

黒庵主　閻魔蟋蟀と夕映えす

尼僧また毛深き卵を語りだす

人面の交わりうすき尼寺の鯉
カワセミの匕首一閃　尼を刺し
補陀落へのりだす月の青岬
補陀落船いま月光のはらわたへ
雨を聴く涅槃の形に獣たち

日溜りのわが屈葬を離れ見る

雪しんしん羅漢げらげら石笑う

根雪かむ石の羅漢の乱ぐい歯

即身の仏を肉屋がじっと観る

即身の仏に近寄る冬の鼻

化外の譜

めそめそと恋は毒だと鬼やらい

日没へ卵を埋めて照れる鬼女

針千本のんで鬼姫しいなつくる

鬼の児が鬼の捨て子をすてっちまおか

●鬼の捨子＝蓑虫の別称

鬼の児に猩猩蠅きて〈血ぃ吸うたろか〉*
*間寛平のギャグ

鬼の児はひとりの空へ蹴上がりす

泣きながら鬼の児のぼる蔦もみじ

夜行図の鬼の童女は隣家《となり》の子

物の怪がおののくという蓮のポン

物の怪の思郷病《ノスタルジア》には澄まし汁

菜の花や鬼かけぬける消えるため

みちのくを奔って鬼譚を今にせん

霧に佇ち湖畔の老鬼が敵を待つ

絶滅の鬼の族《やから》よダケカンバ

風やまず

被爆に被曝

明日の此岸　被爆に被曝　今日の彼岸
さくら騒《ざい》おどる世間に人さらい
学徒兵みよや〈青山脈を鱓およぐ〉
土鳩なくモンペに隠す反戦詩

たえがたきモンペであった昭和逝く

独裁者バルコニー好き忖度好き

広島やケロイドの火蛾　寂光す

夜振火の火蛾ともなりて帰去来《かえりなん》

死に神も折ってみせたる千羽鶴

ひまわりの種くいつくす玉音す

終戦忌　瓦礫あつまり空缶《かん》たたく

敗戦忌　銀河にびっしり菊印

恩賜とは鳥食《とりばみ》のこと　遠い雷

炎昼や墜ちずに朽ちる落下傘

送り火の手に手がそよぐ爆死の手

空蟬を充たすは基地の夜の殺意

基地が射る探照灯に蟬の空《から》

骨の声声の声　凪の海

三月の凪に跫音　去れずおり

春の海のたりと死人《びと》をうらがえす

鯖色の海に応えて風信子

横向きの相馬の人と黙を酌み

桜草の出窓をうかがう原発獣

なにされた？　悉皆被曝　人でなし

人に生まれて

花に闇　人に生まれて　闇に花

●瀬戸内寂聴に「御山のひとりに深き花の闇」

可か不可か　闇の悲鳴が蟲となる

●河原枇杷男に「ある闇は蟲の形をして哭けり」

余呉の湖「いねいね」とデコイ爪弾き

●斉部路通に「いねいねと人に言われつ年の暮」

葱ながれ蕪村ながれる風蕭蕭

やせ蛙まけるなおらが千太郎

●小布施、岩松院にて

弱日《よろび》きてハジキの鉄鉢《てつぱつ》のぞきたり

●ハジキ＝托鉢僧が布施を断られること。山頭火に使用例

巳之吉がスマホでさがす雪女

『蛾』が好きか『青猫』が佳いか夏木立

くれてゆく雨の岬におっとせい

●金子光晴の詩「洗面器」、他より

春の釣り〈だめです〈川に食らいつけ＊
＊井伏鱒二の「色紙」と「天城山麓を巡る道」より

かの山の兎は老いて小鮒釣り

周平が留治と歩むみぞれ橋

逃げ水に尻かまれゆく座頭市

憂き世かな宇野重吉めく金魚売り

マッチ売る雪の少女とニアーミスる

速贄はゴッホの耳か邪心《よこしま》か

遠国の某女を口説くに蘇秦弁

蟲貌して寒山・拾得 連れ小便

人間《アイヌ》を継ぐ『アイヌ民族抵抗史』

●著者—新谷行、詩人。一九七七年刊

『風の図譜』畢

詩・追憶の俳人たち〈離見の見〉

火宅火定

焼かれる日がハリハリするほどの青天にめぐまれるとは……
大学病院の死体置場からひきだされて
火葬場にむかう搬送車に揺られていると
暗闇のエーテルのなかを漂っていた胎児が
にわかに水槽に移され
まっ青な空の下の
いっぴきの淡水魚になったような
囚われた不安と女体をさらされた羞恥におののいた

それにしても　放射線で黯くなった爺いの死骸と
三日間も並べおかれ
ステンレス製の冷えびえとした死体置場を

霊安室とは　よくいうよ
微弱な燭光が青白い陰影をつくる閉ざされた部屋には
深海の底にたまった泥から沸きあがる気泡のように
爺いとわたしの死臭が混ざって浮游していた

　　暗闇の眼玉濡らさず泳ぐなり

意識ばかりギラギラさせて暗闇の海を漂っていたさまは
いい友だった六林男の句意にかなったものではなかったか
おもえば
この句の色紙がかけてあった部屋の生活も
俳諧という業の海に翻弄されながら泳いだだけだった

若い医師がいつになくやさしく耳元で
「やはりガンではなかった……腸閉塞です」といったが
やはりガンで　すでに全身に転移し

腸もぼろぼろ　人工肛門も繋げられなかったらしい
激痛が波状に襲い
見舞いの親しい俳友についつい
「早く死にたいよ……」と
弱音を吐いたのは今生の甘え　赦されよ
病気の巣といわれた身体で働くこともできなかったが
生活保護のお陰で数十年も生かせてもらったのは
僥倖というもの
なんどかの入院・手術もすべて国がかりだった
俳句の弟子たちが死体の引き取り方を国と折衝しても
孤独死として扱われた遺体であるから
通夜も葬儀もだめ
火葬まではいっさい人とあうことは許されないとのお答え
なるほど　これが因果応報というものか

火葬場には○○家という大きな立札がならんでいたが

孤独死ゆえの費用節約らしくわが家のみはなかった
俳友たちが入口で弔い客を誘導し
再婚同士の夫婦が香典を受けつけていた
身寄りのないはずの死者に大勢の参列者があったので
斎場の係がけげんな顔をするのがすこし可笑しかった
孤独な女流俳諧師は愉快犯でもあったのだ
真新しい棺が広間に運びこまれると
参会者は合掌し
蓋をひらいて死出の薄化粧もないわたしを覗きこんだ
「きれいなお顔ね」
「生涯独身の聖老嬢だったからね」
それぞれの思いをこめた追悼の短冊や白菊を
わたしを抱きつつむように投げいれられた
ふだん気の強い女弟子がとつぜん哭きだした

そっけない読経のあと焼窯にいれられた

たちまち窯には烈しい火が熾り
木棺を破った炎が
仰臥するわたしの死肉を骨を嬲った

　吾が葬の日は焚き合えよ朱なる火を

などと詠んだ源二のように
朱に炎えよ！　燃え尽きよ！生者にわが裸身を曝すな
わたしが炎をあげて燃えだした
火定——愉悦がわたしをつらぬいた

嫩い愛撫の日々を中途にしたまま死んでしまった
ひとりの男との遠い残照が
金環食のように闇黒の天蓋に
いっしゅん輝いた

この樹登らば鬼女となるべし夕紅葉
　留針を真昼の蝶にしかと刺す

などと詠んだ鷹女や苑子たちの
おのれの修羅の軀をもてあました
哀しい愉悦がどよめいた

骨揚げのとき
ふたたび慟哭がおこり嗚咽がひろがった
「お歳のわりにはお骨が多いです」
「喉仏は高熱で毀されたようです」

係が大小の白骨を棒でギシギシつついて壺に納めた
弟子のひとりが代表して挨拶した
「絶句は……芳子の忌東京タワー全裸で点く……でした」
「香典と国に隠した見舞金で後日追悼会をやります」

去ってゆく参列の男や女たちの黒い背に
骨壺のなかからグッバイした
ナナカマドの紅葉が
無数の赤ん坊の掌のように揺れた

　母が降るこの紺碧を嫁ぎゆく

ふいに
葛子の句が骨壺のなかで鳴った
あの世で男と添わせようと
黄泉の母が憐れんだのか
ひとりで火宅をへめぐってきた
女の心音であったのか

第六詩集「タンの譚の舌の嘆の潭」より（改作あり）

遠くへ（Further!）

病室は白い筐
感情的な蜩のかなかなの声が
修辞的な法師のおおしいつくつくの声が
なにかの虫の翅音が
見えない樹林から聴こえてくる

おとこは深く深く昏睡していたが
おとこの呟きが
異次元のわたしにも聴こえる
……

ファーブルの揺籃の地アヴィニヨンから

彼が眠る南仏の田舎村セリニャンまでには
ついに行けなかった

異国の病院のベッドで
おとこはいろいろなパイプでつながれたまま
妻子や弟が日本から駆けつけ
おとこの死を受け入れるのを待っている

やっぱりおれは自動車文明に遅れをとったのさ
病と寿命いがいに
人間をいちばん多く殺したのは
戦争でも災害でもない
おそらく自動車という文明だろう

二度の大腸癌を克服したおとこだったから
余命あるうちに

宿願のファーブル昆虫記を巡る旅に出たのだった
旅程の十カ所十一日間を消化し
路線バスでアヴィニヨン駅に到着
ここが終着駅とおとこは思った
だが荷下ろしが全部終わらないうちに
バスはアヴィニヨンＴＧＶ（新幹線）駅へと発車した
驚いてバスを追ったが
心臓発作に襲われたのだった

これが
自国の仏人もよく知らない昆虫学者を追っかけ
自動車文明からも見放された
おれのラストシーンさ

ファーブルの埋葬のときには
カマキリなどの昆虫が墓石にまとわりついて

見送ったというが
虫の俳人といわれ
蝶が大好きだったおれのばあいはどうだろう。
黄金を流して翔ぶ幻の蝶〈オウゴンテングアゲハ〉か
白磁にオレンジの耀変を浮かばせた蝶〈パルナシウス〉が
栩栩然《くくぜん》として見送ってくれないだろうか
まあすべては胡蝶の夢か

あかあかと篋に射しこむ南仏の夕日に
おのれの最期を語るおとこの
現し身の残像のごとき幻視と幻聴を
わたしは目で聴き耳で見た
おとことは残日の過客のごとき
淡いつきあいであったが
情《こころ》のいい縁であった

遠くへ　Further
おとこは幻の蝶のように
蝶の道をたどっていってしまった
かれもまた
偶然に逢い
別れるべくして相い逢ったのだ

そうおもうと
ふいに
静けさが降ってきて
おとこの寂しさが
わたしを囲繞した

未刊詩集『四季の感情』より（改作あり）
参考資料・渡辺伸一郎エッセイ集『遠くへ』（深夜叢書社）
・「渡部伸一郎死去（二〇一四年九月七日）の経緯」（弟「渡部千明しるす」）

その人は

おれが米軍の捕虜だったとき
おれはカナカ族の島の女性を米兵に斡旋した
そうしなければ
　日本兵が米兵に犯されるんだ

その人は
かつて二十歳ほど歳下のわたしに
戦争の忌まわしさを語るなかで
島の女性の斡旋を告白した人だったが
以来　そのことに口を噤んだようだった
触れられたくない
苦い体験だったのかもしれない

その人は
捕虜だった島より帰還する船中で
こう詠んだ

　　水脈の果て炎天の墓碑を置きて去る

帰国後戦争反対の強い思いを吐露し
こう詠んだ

　　彎曲し火傷し爆心地のマラソン

その人は
晩年には戦争反対の先頭にたって
「アベ政治を許さない」のポスターを揮毫した
多くの市民がこのポスターをもって街頭にくりだした

「小市民的」という評がなされたが
小市民なんていう言葉は無い

この辺の農家の夫婦はとても仲がいいんだ
もっとも仲がよくなきゃ農業はできないからね

マンサクは春に先駆け「まんず咲く」から
マンサクというんだ

その人は
かつて合宿の句会の合評会の席で
小市民的というある評に対しそう断言した
わたしと山路を散策したおりには
マンサクの由来をそう話してくれた
晩年その人はマンサクをこう詠んだ

谷間谷間に満作が咲く荒凡夫

生来おれは荒凡夫なのだよ
だからおれの句
「曼珠沙華どれも腹だし秩父の子」
あの子供たちのなかにおれもいるんだ
秩父の子らが腹がでてるのは
貧しいものばかり食っているせいなのさ
谷間谷間とは秩父の母郷のことだ
だからおれは
いつか秩父の産土に還るのさ

その人は
一茶の「荒凡夫《あらぼんぷ》」を
一茶の「あるがままの存在」を肥大化させ

俳界の頂点をこえて世間の人気者となり
各地に句碑が数十基も建てられ
おのれの存在者ぶりを誇示した
あげくには「おれが俳句だ」
などというようになった人だったが
本願誇りであったかもしれない
だからついには
一茶とは異界の人であっただろう

わたしは
その人が五十九歳のとき出会い
六十六歳のときに
その人の主宰を拒んで袂を別った
別れるために出会ったのかとおもった

そして歳月はめぐり

その人が九十六歳のときに文通が復活し
九十八歳のとき再会したが
それから半年ほどで他界された
永別のために再会したのかとおもった

その人は
終焉ちかくまだらな認知症の合間にも
句を詠みつづけた
わたしは次の句を
その人の本然の句と思い絶句とした

河より掛け声さすらいの終わるその日

おれには秩父の河が見えるんだ
秩父の人たちの生きる声が聞こえるんだ
おれの長いさすらいは

そのためのものだったはずなのだが……

母郷に咲きみだれる曼珠沙華のなかを
腹をだしてかけまわる
秩父の子らのなかに
おのれの姿を見ただろうか
その人は

・書き下ろし

あとがき

前句集『風の象《かたち》』に次いで『風の図譜』ですからまた「風」かと思われる向きもありそうです。前の風には、風の訓義を拡げ、万物の時間や時代の〈かたち〉を仮託できればと考えたのですが、その後、「風」には、「文字」の原義があることがわかって、それならばもう少し「風」と徘徊してみようかと思ったのです。

その原義とはこうです。

世界最古の部首別漢字字典『説文解字』の「序」によれば、古代中国の黄帝の史官であった蒼頡《そうけつ》という人は、鳥や獣の足跡を見て、その種別が足跡の形の違いとして表れることに気づき、初めて文字を造った。その文字は、種類に基づき物の形に似せた象形文字で、これを「文」（模様の義）と称したといいます。

また古代中国では、「風」は鳥の飛翔で起こると考えられ、「風」は、八の中が「虫」ではなく「鳥」であったそうです。当時の鳥は、神の「ことば」の使いともされていたので、「風=文字」であるともされた。

であるならば、意図したわけではないのですが、『風の象』とは、「風の文」ということになり、『風の図譜』とは、「風の文字」「風のことば」ということになりそうです。

いずれにせよ、句集は風雅や境涯、仙境とは無縁の栗本衆の所業です。佯老もいささか怪しくなってきましたが、この先も世に竿をさしながら怪しい老俳物を垂れながすことになりそうです。ご容赦を。

「追憶の俳人たち」の詩三篇は、句集の余滴としてお読みいただければ幸甚です。三人とも生前昵懇にしていただいた俳人です。詩法は能の「離見の見」の手法に似ているかも知れません。

このたびも齋藤愼爾さんに跋をお願いしました。いつもながらの慧眼と過褒をいただき感激ひとしおです。まさに、「人生一知己を得れば足れり」(魯迅)の思いです。

そしてひきつづき髙林昭太さんの装丁です。いつも好評でありがたいことです。

二〇一九年　猛暑の最中　著者

流謫と自存——われら、かく在りし

齋藤愼爾

今日は九月十七日、この日は私にとって特別の日である。友人渡部伸一郎氏の葬儀の日だからだ。死去の日ではなく、葬儀の日を覚えているのは、亡くなったのが異国、南フランスのアヴィニヨンでの客死という、いささか実感の伴わぬ場所での死というところにあったのだと今ならいえる。正確な命日は二〇一四（平成二十六）年九月八日、同地の病院に於いてであった。

原満三寿さんの新著に変則的な書き出しをするのは、その渡部氏が、躊躇する私を強引に原さんに引き会わせてくれた当人だからだ。むろん金子光晴の研究では当代随一の原さんという詩人は知っていた。しかし私にとっての〈原満三寿〉は、俳論集『いまどきの俳句』（沖積舎、一九九六年刊）の著者であった。刊行後、程無くして、私はあちこちで「原満三寿氏に私淑している」と書き散らしている。勝手に吹聴された原さんは、いい迷惑だったろう（「私淑している」第一号の吉本隆明氏の場合は、もう事後承諾のようなものだった）。そんな畏ろしい人に会えるわけがないと、渡部氏に抵抗したことを覚えている。

初対面のとき、原さんが私より一歳下だということを知った、そのことに驚きはしたが、私の「私淑している」想念に寸毫も変化はない。それは原さんも気付かれていることと思う。以後、私は原さんの著書を五冊、句集『流体めぐり』『ひとりのデュオ』『いちまいの皮膚のいろはに』『風の象《かたち》』、詩集『白骨を生きる』を刊行している。

そんな最初のきっかけを作ってくれた渡部伸一郎氏を本書で偲んでみたい。（原さん許されよ）。深夜叢書社から、氏は句集『亜大陸』（一九九九年）、エッセイ集『わが父テッポー』（二〇〇四年）、『遠くへ』（二〇一一年）、『会津より』（二〇一三年）を出版している。

渡部氏は蝶や蜻蛉の採集に無償の情熱を傾ける所謂〈虫愛ずる俳人〉として知られ、二〇一四年八月二十日から、『昆虫記』のファーブルの故地を訪ねる途上、三十一日、バスに荷物を置き忘れ、走り去るバスを追いかけている最中に心臓発作を起こし、アヴィニヨンの病院で亡くなったのである。享年七十一。

一九四三（昭和十八）年、東京生まれ。十代のときは神童を謳われたという。新宿高校、東京大学法学部卒業後、当時、「石油は血、鉄は骨、ゴムは筋肉」をスローガンに、高度経済成長を支えた企業の一社、日本合成ゴムに入社、後に部長職。この時代、縁のあったコスモ石油社長中山善郎氏から紹介され、私との交友が始まっている。

渡部氏は漱石の「自己本位」に固執し、俳句や文芸に集中するため、定年前（二〇〇一年）に退社し、幾つかの大学の聴講生となっている。武蔵大学では古橋信孝氏に「古代歌謡論」「万葉集の成立」など。そして法政大学では講師をしていた私の短詩型文学の授業に来てくれていた。百三十名ほどの受講生がいたが、私は渡部さんに向かって話していたように思う。急用で私が講義が出来なくなるときなど、休講にしないで、代わりに講義してもらうこともあったのである（もう時効、田中優子学長、許されよ）。氏は学生時代から俳人の加藤楸邨門に学び、結社「寒雷」を離れてからは、「秋桜」「夢座」同人として、句作、エッセイ、油彩と多方面で活躍されていた。油彩の方は仲間としばしば合同展を開いている。

『遠くへ』は、ゴビ砂漠、アラン島、サントヴィクトワールなどへ、風の音に誘われるままに古きを尋ねて歩く、しなやかな知性と好奇心が躍動する一巻で、某エッセイ賞の候補ともなった。最後の著作『会津より』は、吟行や蝶の旅の間隙を縫って書き下ろされた、百三十年に及ぶ父祖たちの軌跡を探索した渡部家の三代記、〈ある家族の近現代史〉というものである。読者からは、「石光真清の『城下の人』三部作にみられるようにドラマチック」とか、「大河小説を読んだような快楽を味わった」といった感想が寄せられた雄篇である。

高橋忠義氏は、「『会津より』の〈あとがき〉は〈待ち伏せ〉という題がつけられている。自ら死からの待ち伏せの〈予感〉を〈予告〉しながら、死との符牒を隠して旅立ったのではないだろうか。九月十七日に帰国予定ということだった。その〈九月十七日〉当日が、まさか黄泉の国への出立の日（葬儀の日）になろうとは！　渡部さんのバスを追って走る姿と、永劫に蝶を追う幻の姿がダブって見える」と哀悼する。

太陽に呪文唱へて蝶放つ　　伸一郎
みほとけの指遊ばせて白き蝶　　同
魂送り魂を迎へて秋の蝶　　同
やはらかに蝶を放ちて遊びたり　　同

告別式のとき、弟の渡部千明氏の挨拶が心に沁みた。兄の生涯を年齢の節目ごとに追尋し、節目には常にある言葉を繰り返し添えた。

「……歳、蝶を追い、虫を採り、そして書を読み」、「……歳。中学に進み、友を得、そして書を読み」、「……歳。結婚し、妻を愛し、旅をし、そして書を読み、物を書き」……。

ラヴェルの「ボレロ」の如く、「そして書を読み」が、欠かさず挿入された。挨拶の後半になると、一小節が次第に短くなっていく。それは渡部さんに癌が発見され、その治療に専念する時期にあたっていた。「友と酒を酌み」などの文言が消えた。しかし、「そして書を読み」は、最後まで残った。趣味や遊びへの言及が次第に欠落していくことに気づき、弔問に集った人々は涙した。
〈蝶道〉という言葉がある。蝶が往還の際、同じ軌道を飛翔する習性をいうらしい。原満三寿さんと私は、渡部さんに呼びかける。見えざる蝶道を伝い、たまには飛来してほしいと。

　　篳篥《ひちりき》に一蝶激《たぎ》つ記紀の山　　愼爾

　原満三寿さんが渡部伸一郎氏の死にどれほど深い衝撃を受けたことか。さっそく追悼詩「遠くへ（Further!）」を書きあげ、「現代詩手帖」（二〇一五年六月号）に発表された。私は「出版ニュース」（同年五月上旬号）で、「見事な一篇である。追悼詩として秀れているという範疇を越えている。断言してもいいが、今年これから発表される詩人たちの幾千篇の作品中、これを凌駕する作品が出るかどうか」と書いた。本書にも収録している。末尾の二連を引く。

　　遠くへ　Further
　おとこは幻の蝶のように

蝶の道をたどっていってしまった
かれもまた
偶然に逢い
別れるべくして相い逢ったのだ

そうおもうと
ふいに
静けさが降ってきて
おとこの寂しさが
わたしを囲繞した

原さんは金子光晴師について、「肉体の、内臓の深いところで思想する詩人」と語ったことがあるが、その修辞は原さん以外の誰をも指してはいない。氏は稀にみる思索の、思想の人である。帰属すべき権威や秩序を持たず、共同体の物語や神話に安住することもない。

正統を持たず、群れることを峻拒し、ひとり国家と対峙する〈非定住の精神〉。唯一の俳句評論集『いまどきの俳句』は、ほぼ二十年という歳月、私の座右の書である。前途茫洋、途方に暮れたとき、私はこの書を開いた。峻烈なロゴスの淵源を穿っていの魂魄の息吹きに触れ、そのたびに私は蘇生することができた。

これは夢想というか、妄想というか、もし私に欠片《かけら》ほどにも〈独往〉の徴とでもいったものが、まつわりついていると錯覚されるとしたら（絶対そんなことはない！）、それは私を震撼させた原満三寿さんの姿勢を〈模倣〉のタピストリィに織り込むことを励行したことの、微粒子ほどの成果とでも自惚れておこうか。否、そんな日の到来を期し切磋琢磨せずばなるまい。

本書『風の図譜』について、一言しておこう。書名については前句集『風の象』の「あとがき」、それと今度の「あとがき」にも「風」の原義の解説を含めて説明がある（「風雅や境涯、仙境とは無縁の栗本衆の所業」云々）ので、ご参照ください。

『風の図譜』で注目した句を引く。

俳皿に三千世界の風を盛る
春の脳にがい一言ぷかり浮き
水はなつ脊梁山脈に鳥かえる
雁風呂や一揆の骨も折って焚き
のけ反って磔形からの羽化登仙

桜湯の花をつまんで拈華微笑
啓蟄やケチャの群舞の夢に入る
花の夜や童《わらし》が変える枕向き
冬瓜の丈をつくして落日す
大根ぬく業《ごう》の白骨ぬくごとく
月山へ風の跫音についてゆく
春の門　殺仏殺祖殺虫す
春愁も悪人正機も死者は悟入
雨を聴く涅槃の形に獣たち
敗戦忌　銀河にびっしり菊印
春の海のたりと死人《びと》をうらがえす
花に闇　人に生まれて　闇に花

●瀬戸内寂聴に「御山のひとりに深き花の闇」

句の背景には、〈白骨〉の感覚を立脚点として、東日本大震災の死者と二種廻向の境界で語り合っている人やものの姿が透視される。「生は死を悲しみ／死は生を慈しむ／それが慈悲／男は彼我の白骨をかかえて／〈白骨を生きていこう〉との思いに充たされた」（「白骨の海」より、『白骨を生きる』所収）という戦慄的な詩行を読者はこれらの句に重ねて想起されるに違いない。

巻末に収録された「詩・追憶の俳人たち〈離見の見〉」の第三篇「その人は」の数行を引く。

俳界の頂点をこえて世間の人気者となり
各地に句碑が数十基も建てられ
おのれの存在者ぶりを誇示した
あげくには「おれが俳句だ」
などというようになった人だったが
本願誇りであったかもしれない
だからついには
一茶とは異界の人であっただろう

その人と原満三寿氏は、その人が五十九歳のとき出会い、六十六歳のときに、その人の主宰を拒んで袂を別ったことを、私は今では知っている。

因みに私とその人の関係も、半世紀にも及んだ。あることの選択で某社から意見を求められたとき、その人に加担したのは私ひとりであった（と後に知らされている）。同様に要請されていた二人の文化勲章受章者（山本健吉、大岡信氏）を措いて事の決定した経緯を、その人は熟知していたことを私に告げたが、公けにすることはなかった。その人と「別れるために出会い」後年「永別のために再会したこと」が、俳壇において原満三寿氏が久しく不遇を強いられてきた根本の要因だと私は考えている。

　不遇などと口走って、失笑を買うかもしれないが、私は氏の世渡りの余りにもの不器用さに、ひとり切歯扼腕する夜もあるのである。思ってもみよ、「俳皿に三千世界の風を盛る」にしても、古来、誰がこのような三千大千《みちあふち》世界という異界の空間を一句に創出しえたか。非日常を生きる俳諧師の俳諧精神（滑稽、諧謔、笑い、風刺、狂……）のみが把握しえた異界遊行の世界に、世の俳人諸氏よ、ひととき、己が魂を戦慄させてみるのもよいのではないか。

原満三寿　はら・まさじ

一九四〇年　北海道夕張生まれ
現住所　〒333-0834　埼玉県川口市安行領根岸二八一三―二―七〇八

略歴・著作

□俳句関係「海程」「炎帝」「ゴリラ」「DA句会」を経て、無所属
■句集『日本塵』『流体めぐり』『ひとりのデュオ』『いちまいの皮膚のいろはに』
　『風の象』『風の図譜』
■俳論『いまどきの俳句』

□詩関係「あいなめ」（第二次）「騒」を経て、無所属
■詩集『魚族の前に』『かわたれの彼は誰』『海馬村巡礼譚』『臭人臭木』
　『タンの譚の舌の嘆の潭』『水の穴』『白骨を生きる』
　未刊詩集『続・海馬村巡礼譚』『四季の感情』

□金子光晴関係
■評伝『評伝　金子光晴』（第二回山本健吉文学賞）
■書誌『金子光晴』
■編著『新潮文学アルバム45　金子光晴』
■資料「原満三寿蒐集　金子光晴コレクション」（神奈川近代文学館蔵）

句集　風の図譜

二〇一九年十月三十日　発行

著　者　原満三寿

発行者　齋藤愼爾

発行所　深夜叢書社

〒一三四―〇〇八七
東京都江戸川区清新町一―一―三四―六〇一
info@shinyasosho.com

印刷・製本　株式会社東京印書館

ISBN978-4-88032-456-2 C0092